VOGEL AUF DEM RÜCKEN EINES ELEFANTEN

ZEHRA ÇIRAK

VOGEL AUF DEM RÜCKEN EINES ELEFANTEN

GEDICHTE

KIEPENHEUER & WITSCH

Für Jürgen Walter

Umschlaggestaltung Kalle Giese, Overath
Umschlagmotiv: eine Plastik von Jürgen Walter
Satz Kalle Giese Grafik, Overath
Druck und Bindearbeiten Clausen & Bosse, Leck
ISBN 3 462 02117-6

Inhalt

I

STRECKPHASE

ICH WILL VERSUCHEN ZU BERICHTEN

Über die Leichtigkeit sich einen Platz zu wünschen
über die Unruhe keinen zu besitzen
über die Arbeit sich einen zu suchen
über die Freude einen zu finden
über die Schwierigkeit sich Platz zu machen
über die Mühe sich ihn zu erhalten
über den Kampf ihn zu verteidigen
über die Angst ihn aufzugeben
über die Gier des anderen Platz wegnehmen zu wollen
über die Unfähigkeit sich einen zu teilen
über die Natürlichkeit einen eigenen haben zu müssen
über die Fähigkeit Plätze zu zerstören
über den Sinn den eigenen zu vernichten
über die Aufgabe darüber zu berichten
über die Traurigkeit es nicht zu können
über die Wut es nicht zu dürfen
über die Furcht daß keiner es wissen will
über die Mutlosigkeit des Verschweigens
über den Stolz es nicht für sich zu behalten
über die Vergeßlichkeit sich daran zu erinnern
über den Verlust des Verständnisses dafür
über die Enge im eigenen Körper
über den Versuch

SCHWIMMEN LERNEN

Erste Übung:
mit den Augen
diesem Wasser im Mund
unter dem Regen
wie in einem Bett
auf den Dächern aufgeweichter Strohhäuser
in Kellern worin Zukunft gelagert wird

Zweite Übung:
mitten in den Wasserblasen
und dem rückwärts fließenden Wasser hinterher

Dritte Übung:
sich wundern daß es möglich ist
so leicht zu sein
mit jeder Bewegung mehr

Vierte Übung:
mit dem Kopf der Angst
voraus treiben

Fünfte Übung:
einfach schwach werden können

Sechste Übung:
schwimmen lernen

Siebente Übung:
wollen

FRAGEBOGEN

Warum sollte ich lügen
beim Lesen aus dem Kaffee-Satz
und nachtragen
ob es irgendeiner Wahrheit entspricht
warum nachfragen
woher der Kaffee stammt
und was er kostet und wie er mundet
wenn ich von den Lippen ablesen kann
wie lange er schmeckt

seit wann ist Mystik im Spiel
wenn Staaten sich ihre Karten zustecken
offen und durchsichtig für jedermann
wo ist die Hand
aus der man sprachlos lesen könnte
und wie rund die Kugel
die gläserne
worauf wir stehn

Warum sollte jeder sich sorgen
um jedermanns Frage
und warum sollen Blinde
nicht am Hellseherkongreß teilnehmen?

DORTSEIN

Das Dasein ist beliebig
egal
entweder es stirbt
oder es eignet sich einen Laufsteg an
worauf sein Übergang vom Hiersein
zu seinem Abgang
wenn schon nicht leicht
dann doch wenigstens angenehm
verläuft

BILANZ

Summa summarum
es ist
es ist geschlechtslos
riecht nicht
manche stinken danach
seinen Sinn hat es im Zuwachs
sogar als Spielzeug ist es zu haben
und zu finden in Kinderhänden
man soll es nicht verachten
wie den Teufel
oder gar verehren
statt eines Gottes
seinen Respekt findet es
vor allem im Mangel
und essen kann man es nicht
wenn es zerrissen wird
blutet manches Herz
und für die Köpfe allerlei Menschen
wird davon geboten viel
es hat kein Geschlecht
aber es vergewaltigt

ALLIANZ

Auf deutsch heißt die Hand Hand
auf türkisch heißt sie el
so ein Handel

der Handel hat begonnen

Hände tauschen aus und schütteln andere
sie vermehren sich im Gerangel
und schieben sich gegenseitig zu
was sie aus anderen schöpfen

der Handel geht voran

die Lira geht durch Mark und Bein
die Mark besteigt die Lira
die Lira will gebären
die Mark erzieht das Balg

der Handel blüht

Sommeraustausch und Erholung am Meer
dort bekommen wir Sonne viel
und Wärme viel
und noch mehr
noch mehr fürs gute Geld

der Handel trägt

ein Handel verträgt und kommt ab
bezieht und bilanziert
braucht eine Hand
einigt sich mit dem kleinen Finger

firmt und richtet über den Daumen weg
gesellschaftet mit dem Ring der Allianz
gesetzbucht mit geordnetem Unterschied
mannt die Frau
und emanzipiert sich
platzt aus sich heraus
und registriert in sich hinein

es gibt Händel

er reist mit dem Zeigefinger
schifft sich ein, schult sich
spannt sich aus und verüblicht sich
er kämpft mit seinesgleichen
süchtig die Hand des anderen im Mund
vertritt und treibt er Geister aus

der Handel reibt sich die Hände

eline sağlık

MUTTER ODER
SEIN ODER NICHT SEIN

Von ungelegten Eiern
bis zu uns zu berichten
fällt schwer
wie das Hinterteil einer Henne
das nicht hochkommt
vielleicht kann ein Sprung
gemacht werden
von Hahn zu Hahn
bis hin zum Verstehen
der Kükenangst
oder ein Schleichweg findet sich
von einer Verantwortung weg
und mit dem Zustand zurecht

KINDERSPIEL

Eine Vorstellung hat Adam und Eva gezeugt
aus Blau und Gelb wird Grün
die Mitte einer Mutterblume ist rot
und jeder kennt das Spiel mit ihr
also hat Maria ge . . .
Maria hat oder hat sie nicht?
sie hat sie hat nicht
sie
aber er hat zu ihr Mama gesagt
also ist sie wohl Mutter
oder ein Blatt der Butterblume
meine Oma hat Kindeskinder
meine Mama auch

Omas Hände in der Küchenschürze, seit etwa drei Generationen kramen sie schon darin herum und suchen einen Seufzer. Über Opa hat sie immer ihren Kopf geschüttelt, nun schüttelt sie alles ohne ihn. Und Seufzer kommen schnell, so wie sie gehen, ganz wie ihre Kindeskinder und deren Kinder auch.
Seit Opa nicht mehr ist, mache ich mir Gedanken über ihn und denke an Opas Einweckzimmer. Er hatte die Seufzer in allen Gläsern mit seinem Vakuum versteckt, da warteten sie jahrelang, bis er käme, an ihrem Inhalt heimlich und weit weg von Omas Augen schnuppere.
Das tat er, bis er betrunken war von seiner Gegenwart. Opa erzählt uns Enkelkindern Geschichten von den bunten Sachen in seinen Gläsern, den bunten Dingern in den vielen Säcken. Und von den Nüssen, die er uns als Vögel vom Markt mitbringen werde. Und Opa verteilt gerne heimlich Fleisch an alle Katzen. Oma schimpfte darüber, machte sich Sorgen um die Haushaltskasse und kratzte sich brummend unter der Schürze den Bauch.
Den Katzen hat Opa nie Vögel als Nüsse mitzubringen versprochen.
Oma sagt uns wenig über Opa. Die bunten Plastikblümchenhaarspangen, die Opa zusammenbastelte, um sie auf einem Markt zu verkaufen, erzählen von ihm.
Die Einweckgläser sind schon lange ausgeschüttet, gewaschen und auf ein hohes Regal gestellt. Da darf keiner ran. Nur Oma, wenn sie einen ihrer Seufzer darin aufheben will.

STRECKPHASE

Ach du aufgewecktes Kind
magst nicht mehr ruhig schlafen
der Vater streikt
die Mutter redet mit den Schafen
ab heute sagst du
bist nicht mehr Kind
mit kleiner Faust im Spiegel
sagst was Vater kann und Mutter darf
willst selber endlich können
bist schließlich selber groß
hast schließlich selber schon
und wußtest schließlich auch
schon zum zigstenmal
deine Kerzen auszublasen
ach du aufgewecktes Kind
magst nicht mehr ruhig essen
der Vater liegt im großen Grab
die Mutter hat dich längst verbissen
ab heute sagst du dir
bist nicht mehr Kind
mit immer noch zu kleiner Faust
und findest keinen Spiegel

WASSERBEICHTE

Das Kind drängt seinen Mund
an den Wasserhahn und trinkt

später wird man ihm sagen
daß Wasserwürmer aus den Hähnen
in die Hälse schwimmen

das Kind schaut in den Fluß
seine Augen paddeln
und tauchen tief

später wenn es rudern gelernt hat
wird man ihm erklären
daß unten im See
Leichen liegen

das Kind läuft barfuß im Regen
und zertritt Pfützen

später wenn es sich angewöhnt hat
Regenschirme zu lieben
wird es ohne vorher aus dem Fenster zu schaun
das Haus nicht verlassen

das Kind hat Angst vor dem Meer

später wenn es auf einer Insel lebt
wird es lachen über sich
und sein eigenes Kind

DIE ZUFALLSFEIGE

Die Zufallsfeige
fliegt dem Vater aus der Hand
der Tochter überrascht gebückt zu
die Tochter ist nicht die Tochter
ich nicht meine Cousine
der ich von hinten gesehen
zum Verwechseln ähnlich bin
meine Cousine lacht
ich weine denn das Bücken war doch zu spät
seither schaut Vater genauer hin
den Leuten ins Gesicht
bevor er ausholt
oder ich drehe mich vorher um
und bücke mich trotzdem
oder meine Cousine dreht sich um

FAMILIE

Wir sitzen an einem runden Tisch, der Tisch ist nur rund, weil wir zuerst im Kreis standen und uns dann setzen wollten. Man sagt, wir seien eine Familie, aber das sagt man nur, weil sie uns immer zusammen sehen und unsere Ähnlichkeit zur Verwandtschaft rät.
Vater sei der größte und längste, Mutter die dickste und die Kinder die kleinsten. Also haben wir übergroße, zuckerkranke und wachstumsgestörte unter uns. Der Äußerlichkeit wegen kann ein anderer unsere Rollen nicht anders sehen.
Wenn wir gemeinsam arbeiten, spazierengehen, oder gemeinsam wach sind oder schlafen, auch wenn wir beim Essen sind und uns gegenseitig die Münder waschen, da glaubt man, wir seien voneinander abhängig. Keiner könne alleine sein. Dabei hat jeder seinen eigenen Tisch und seinen eigenen Stuhl. Wir wollten, wir könnten ohne uns sein, also jeder ohne sich selbst.

DUDEN ICHDEN

Eine Blattlaus zwischen den Fingern
beim Umblättern und Abblättern
von der Blume fällt das Blütenblatt
von beiden Seiten stürzen wir

das soll man aufschreiben
und mit der Rechtschreibung spielen
der falsche Buchstabe in meinem Wort
daß ich ausspreche
und keiner merkt die Fehler
ich spreche mich klein
dich laut und groß
die Kommas zwischen uns sollen keine Trennwand sein
ich bringe die falschen Wörter
richtig gesprochen fehlerfrei

dann lese ich die Punkte auf
und rufe das Zeichen aus
falsch getippt
bin ich in allen Zweifelsfällen
und Vorschriften die nachkommen
die stechenden Stichwörter
die schlechten Träume
der Silben und der Trennungen
und sind wir uns nur sachverwandt
damals wie heute hat man den Traum
der Aufgabe die Rechtschreibung
im gesamten Raum
einheitlich zu riegeln

FASTENZEIT

Der Traurigkeit wegen schließen sie sich ein
nehmen ein Fernrohr mit in die Räume
worin keine Fenster sind
sie sehen jetzt ganz nahe die Wand
hindurch wollen sie nur ahnen
und in einer Wanne
lassen sie Papierboote schwimmen
ihre Hände sind darin das Wasser
bei Ebbe ziehen sie sich zurück
bei Flut winken sie
sie schaukeln im Sitzen
wie sie im Stehen schlafen
als sei die Müdigkeit ihre Nahrung
und hungern wollen sie nicht

DER VERGESSENE HUND

Ein Herr geht mit seinem Hund
auf einem Hügel mit nur einem Baum spazieren
der Herr hängt seinen Gedanken
der Hund seiner Leine nach

der Herr hat nun nach langem Gehen
und Bedenken
sich entschieden
ohne Zögern
und mit nur einem Vielleicht
nur noch einen Schritt zu tun

eine Stunde ist vergangen
es ist leicht bewölkt

der Herr hängt am Baume
daneben steht
der vergessene Hund
die Beine des Herrn
reichen nicht bis zum Boden
der Hund tut was er muß er näßt den Baum
die Beine des Herrn schaukeln
über den Dampf der Urins
dafür kann er nichts der Hund

jemand kommt und nimmt
den Herrn vom Baume
und den Hund an eigene Leine
so kommt der Frühling
der Hund an einen neuen Herrn
der arme Hund der Tote
ins Vergessen

HOCHGESCHMISSEN

Die Spucke die nicht wieder herunterkommt
obwohl man sie doch schön gesammelt hat
im eigenen Mund
und aus den Gesichtern der Angespuckten
sie zu einem Schneeball geformt
der in den Händen schmilzt
und hochgeworfen in diesen Himmel
der mit Fingern zu greifen ist

Rosenblätter fallen
und der Duft bringt uns um
wir sind es schon gewohnt
daß uns schlecht wird
wir sind es gewohnt
daß es anfängt zu betreffen
die Spucke der anderen und die eigenen
die nicht wieder zurückkommt
in denselben Mund aus dem sie kam
wir benutzen Glasreiniger
um unsere Blicke zu klären
und es brennt uns in den Augen
auf Wunden Spucke schmieren

WAS TUST DU

Da kommt die Zeit als Wind in deine Nähe
berührt dich sanft und schlägt dich doch
mit seiner Härte
erwartet in kurzer Zeit
Antwort auf viele Fragen
was du morgen getan hast ohne gestern zu wissen
was du heute tust
denn so viel Zeit ist nicht angekommen
als sie dich verließ
bald so
als wäre sie nie dagewesen

NERVOSA SPECIALE

Fingernägel kauen Pickel aufkratzen
Allergien pflegen und Fußhornhaut rupfen
kauen
rauchen trinken essen essen
wie ein zoologischer Tiger
auf und ab
laufen laufen
Papiertücher zerreißen
Knoten machen
zerrupfen zerknüllen
Fussel für Fussel hinterlassen
mit dem Bleistift im Mund
nichts kritzeln können
Telefonschnüre solange es sie noch gibt
aufkordeln rollen rollen
mit den Füßen schaukeln und schaben
Stühle verschleißen
Hunger Hunger nach sich selbst
ach da wäre noch
am Inneren der Wangenknochen kauen
und Zunge zerbeißen
und der Durst nach Ruheschlückchen
schlafen
nein
alles verschla
nein verwachen

WACHE LIEGEN

Den frühen Morgen verbringt man schlafend, nur zu bestimmten Stunden, wie es sich gehört, wacht man und schreit nach der Flasche.
Den Vormittag läßt man mit weitaufgerissenen Augen umherlaufen und will alles wissen. Warum und seit wann.
In der Hitze des Sommermittages verbirgt man körperliches Kochen und staunt über Unterschiedliches. Schon sieht man den Nachmittag auf sich zu eilen. Schnell erledigt man, was viele raten, und macht sich an die Arbeit, die Kindheit zu verdauen.
Der Nachmittag bringt Unruhe. Man langweilt sich noch nicht. Doch wartet man ständig auf etwas Besonderes. Das kann man zwar nicht benennen, aber man weiß, daß man nicht allzulange warten darf.
Und dann an diesem Tage, am frühen Abend, streckt man sich aus und legt sich fest. Nun liegt man bis spät in die Nacht. Man will den Abend länger strecken als den Zustand. An die Nacht denkt man nicht gerne.
So verbringt man den Lebensabend. Von früher oder von danach will man nichts wissen.
Die Nacht kommt wie immer, und eine Handbewegung ist aus dem Bett gefallen. Sie liegt nun auf dem Boden, der ist kalt. In diesem Falle hört man auf zu zählen, läßt Namen und Jahreszeiten, Zahlen und Taten liegen, wohin sie entfallen sind.
Der Arm macht eine beschwichtigende Geste. Man versucht wenigstens jetzt, an Dinge, die einen nicht selbst betreffen, zu denken. So zum Beispiel an etwas, woran man bisher nicht gedacht hat. Es fallen weder die Namen noch die dazugehörigen Gesichter ein. Sogar jetzt noch lenkt man ab. Von anderen Dingen auf sich selbst.
Man wünscht sich einen tröstlichen Fluch, den man schnell noch auswendig lernen könnte, um ihn zu gebrauchen, wenn einem doch noch einfällt, was man bisher nicht bedacht hat.

Im Moment sehnt man sich sogar nach einem geeigneten Gebet, versucht sich zu erinnern. Dann geht man mit den Augen durch die Decke, den Boden und die Wände. Alles möchte man durchschauen, um nur nicht die Augen zu schließen. Die Augen frieren und bleiben offen. Man ruft nach einer Flasche, deren Inhalt gerade verschüttet.
Man schläft wie damals, als man noch nicht.

ZEITVERWASCHANLAGE

Sie will mit dem Handrücken
über eine Fläche
und damit die Zeit
verstreichen
sich die Hände danach
mit Geschehnissen einseifen
und mit Langeweile waschen
sie bemerkt das Handtuch ist noch feucht
von anderen
die vor ihr da waren
die Seife hat Risse
sie steckt einen Finger in den Mund
und es schäumt
der Geschmack der verpaßten Zeit
schmeckt ebenso
und unter ihren Fingernägeln
sitzt ein Rest Seife
manche haben diesen Rest
ein Leben lang
und kauen darauf
mit Appetit herum

EGO

Ich
mein Regenschirm
wir beide grau
und ein edler Holzgriff
von Hand zu Hand
also ich mit meinem
Regenschirm im Griff
und er der Regenschirm
auch ohne Regen mir treu
aber ich ihn mit
der Sonne betrüge

ERINNERUNGSFOTOS

Neben Kartoffelchips und Märchen
zwischen Ansichten und gutem Licht
dem Besucher mehr anbieten
Zeitmotive zeitversetzt
das Fotoalbum auf den Knien
den Karton mit den unschönen Gesichtern
im Schrank verborgen
sehe ich mich

der Besucher findet
ich sähe mir immer ähnlich
nur heute sehe ich anders
das fängt an mich zu bedrücken
ich bringe den Karton mit dem Ungelungenen
und der Besucher muß gestehen
mich hier wiederzuerkennen
da wechsle ich die Bilder aus

ARBEITSLOS

Ich habe gegessen und getrunken
mein Bett gemacht
geputzt und gelüftet
sogar die Fenster habe ich schon geschlossen
und die Schlüssel in der Hand
aber meine Schnürsenkel sind noch offen
und das Warten bricht über meine Knie
nebenan klingelt es
oben ist unten und hier ist nur ich
auf meinem Stundenplan steht jetzt das Warten
ich sehne die Pausen herbei

DIE PUTZFRAU ZU IHREM WASSEREIMER

Du hat doch einen Berg vor dir
einen der dich nicht atmen läßt
und du hast Platz bei dir
hab es doch ohne mich zu verengen
hab doch mehr als ich um dich herum
in mir verscheuchst du die Tauben
die ich noch füttern möchte
mit den Dingen aus deinem Berg
und hab doch einen Tropfen Geduld mit mir
bevor du aus Langeweile überschwappst
und ich deinen Inhalt aufsammeln muß
um ihn in dich zurückzuschütten
jedesmal von neuem bin ich der Lappen
der in dich fällt
und du fällst auf meine Hände herein

ZUSTAND IN DER KABINE

Dort Töpfchen und Fläschchen
daneben die Maske eines Gesichts
weil meine Hände leicht sind
fliegen sie über das Zählwerk
einer Miene
Nervenpunkt zwischen Auge und Nase
dieser Druck ist wirklich angenehm
ich klopfe und streichle und höre mich durch
von Nasolabialfalte zum Doppelkinn
und mache sie jedesmal nach Termin
um neunzig Minuten jünger
das geht ganz leicht
von der Zeit meiner kremigen Hände ab
Teleangiektasien
das soll man nicht aussprechen wie einen Ort
das muß klingen wie ein Zustand
kleiner erweiteter Äderchen
die nichts zu tun haben mit den Milien
weißer verhärteter Talgkügelchen
dies alles beachtend
träume ich von Teleangiekt Asien
und von dort aus wie ein Goldgräber
siebe ich Überflüssiges
der Pubertät und dem Klimakterium
mit Hilfe tröstender Worte
vorsichtig aus dem Gesicht

ÖKONOMIE

In einer Ecke sitzt ein Huhn
das hat vergessen Eier zu legen
gegenüber sitzt der Bauer
er vergißt nicht das Huhn zu schlachten
da gibt es eine Fabrik die stellt Eier her
und das Huhn rennt ins Messer
Der Bauer in die Fabrik

MOMENTAUFNAHME

Jetzt da das Wasser gefroren ist
und ich mir wünsche
auf dem Eis zu laufen
zu tanzen mich drehen
ohne die Angst
das Eis könne brechen
jetzt da es weiße Flocken schneit
und ich mir wünsche
der Schnee solle nicht tauen
in meinen Händen
nicht zu einer Flüssigkeit werden
die mir davonfließt

DER STILLE GAST

Der Gast, dem man, auf freundliches Fragen hin, die Tür zur Toilette zeigt, schließt die Tür hinter sich zu, schaut noch einmal nach, ob sie wirklich geschlossen ist. Und blickt sich um im fremden kleinen Raum. Er schaut in das Klo hinein, schaut sich die Handtücher an, ist froh, daß es hier ein Fenster gibt. Und er glaubt, daß nach ihm der Nächste froh sein wird, daß es ein Fenster gibt.
Der Gast setzt sich prinzipiell nicht auf die Toilettenbrille, einige Zentimeter über ihr schwebt sein drängendes Fleisch. Aus den anderen Räumen hört er Stimmen und Musik, doch nicht laut genug. Sein Wasserfall wird nicht überhörbar sein. Lange sitzt er da und weiß, es wird ein lautes Geräusch aus ihm hinausblasen. O Gott, o Gott, wie das übertönen, wie anständig wieder zwischen den anderen mit aufrechter Haltung sitzen? Aus lauter Trübsinn bekommt der Gast einen Hustenanfall. Den nutzt er gleich aus und läßt fahren seinen Wind, seinen Wasserfall und alles andere. Gleichzeitig drückt er mehrere Male mit einem Grinsen die laute Toilettenspülung.
Die Hose wieder hoch und mit einem Krampf in den Oberschenkeln streckt sich der Gast, ist froh, daß es hier ein Fenster gibt.
Der Gast wäscht sich die Hände, obwohl er sie nicht beschmutzte. Schaut noch einmal die Schüssel, entdeckt übriggebliebene Spuren, sucht die Bürste und findet sie nicht. Der Gast nimmt eine halbe Rolle Toilettenpapier, wischt in der Schüssel herum, spült nach, wäscht sich die Hände, die er sich beschmutzt hat, sucht das richtige Handtuch, winkt mit dem Handtuch dem Fenster zu, riegelt die Tür heftig auf und schließt sie hinter sich sorgfältig wieder.
Er geht mit lockerem Schritt und mit der Hoffnung, man habe seine Geräusche nicht gehört, zu den anderen, die ihn anschauen. Und er weiß nicht, was manches Lächeln bedeuten soll.

Andere Gäste verlassen sich weder auf einen Hustenanfall noch auf laute Musik und schon gar nicht auf kleine Toilettenfenster. Sie verlassen nicht ihren gemütlichen Platz. Sie müssen nicht. Weil sie nicht können. Und könnten sie, würden sie nicht wollen.
Und es gibt Gäste, die ganz zuverlässig sind. Ganz natürlich, auf ihre Art.

KEINE BESONDEREN GESCHEHNISSE

In den Abteilen ist Ruh
Fliegen haben Fensterplätze besetzt
und putzen sich die Augen
ein Platz in der Mitte ist noch frei
die restlichen Fahrgäste sind reserviert
so rast der schnelle Wurm
aus dem Maul eines Berges hinaus
in den Abteilen ist Ruh
der Zugführer pfeift nur leise
der Kontrolleur ist durch und durch
geschaukelt
die Fliegen reiben sich die Füße
der schnelle Wurm hat leuchtende Augen
den langsamen Wanderer aber
hat er nicht gesehen
und in den Abteilen ist Ruh
ein Mädchen mit kurzem Rock friert
sie steht im windigen Gang
ein Durchzug berührt ihre Oberschenkel
dem Kontrolleur wird es warm
ein Zug berührt die Schenkel des Wanderers
ein schneller Zug zieht sich eilig die Nacht heran

Morgen früh wird auf Bahnhöfen sich geküßt
die Fliegen verscheucht
im Bergdorf ist demnächst Beerdigung
der Wanderer hat seine Ruh

FEUERWEHRPAUSE

Ein Nachbar flickt das Loch
in seinem Wassereimer

zwei Nachbarn schauen zu
wie das Nachbarhaus brennt

vier Nachbarn eilen hin und her
und tragen die Neuigkeit fort

acht Nachbarn holen Hilfe
aus der nächsten Nachbarschaft

sechzehn Nachbarinnen schreien
und verbrennen sich den Mund

zweiunddreißig Nachbarskinder
üben hitzefrei

vierundsechzig Telefone
klingeln anderswo

hundertachtundzwanzig Fenster
öffnen sich alleine

zweihundertsechsundfünfzig Häuser
zittern überheizt

fünfhundertelf Ausgangstüren
gehen nicht mehr auf
eintausendvierundzwanzig Glockenschläge lang

zweitausendachtundvierzig Augenaufschläge lang

viertausendsechsundneunzig Eimer hoch
steigt der Rauch

achttausendeinhundertzweiundneunzig Häuser
hat der Ort

siebzehntausenddreihundertneunzehn Leute
hat der Ort

eine Kleinstadt mit einem kleinen Park
zum Gedenken eines Schutzpatrons

hat vierunddreißigtausendsechshundertachtunddreißig Augen
die der Tiere nicht mitgezählt

auch ich
habe mir das nur ausgedacht
aber ich nehme es dir nicht mehr ab
daß du glaubst
ich spräche die Wahrheit
deshalb
heiliger Sankt Florian
zünd mich an
zünd mich an

ICH SEHE AN EINEM BAUM DEN WALD NICHT

Aber Purzelbäume will ich schlagen
in Gedanken von Ast zu Ast
zur Verteidigung schon eingerollt
auf einem kranken Blatt
über diesem Boden der hier schwebt
und wo Wurzeln sich nicht mehr begreifen
hat diese Stadt mich eingepflanzt

ich sehe an einem Haus
die Stadt nicht

ES REGNET LOB

Zuerst sprüht es wie Haarspray
es trägt der Wind
und hinter den Ohrläppchen wird es feucht
das bißchen Haar im Nacken wird naß
die Wolken spielen Fang den Hut
von einer Straßenseite zur anderen
Mensch ärgere dich nicht

Jetzt wird der Applaus nicht mehr gespendet
die Wohltäter sind gefaßt
es regnet Kritik aus allen Wolken für alle
und es fällt und fällt
schon gar nicht mehr auf
daß keiner mehr da ist
der jetzt noch schwitzt

Nässe in den Handflächen
in den Kniekehlen
über der Oberlippe
in Augen und Achselhöhlen
zwischen großem Zeh und dem Nebenbruder
dem Zeigezeh
der Wind hat gewechselt
hinter den Ohren wird es langsam
aber verdächtig
wieder trocken

es regnet
woanders

UNGEDULDIGKEITSGEBET

Laß bitte schnell
das endlich ist
es werden

die Uhr in der Hand
lacht mich aus
wie ich sie anstarre
nach Bestimmung tickt sie weiter
auch wenn sie steht
in meinem Ohr

und laß bitte
nicht so schnell
wie ein Fenster zuschlägt bei Sturm
mich umdrehen
um zu sagen
das war's

II

SEIT WIR UNS EIN HERZ GEMACHT

SCHLEMIHL

Hätte ich nicht nur einen Schatten
hätte ich zwei
würde ich dir einen schenken
so wäre ich zum Beispiel
jetzt auch bei dir
als Schatten
und in der Dunkelheit
was dann
frag nicht so was
dort paß auf
damit du nicht
auf mich trittst

TARNFARBE

Als ich mir die Lippen schminkte
die Augen bemalte
mich wie ein Krieger vorbereitete
zum Kampf
wußte ich nicht wer mein Gegner war
wen ich bekämpfen mußte
aber als ich auf dem Schlachtfeld stand
sah ich diese Augen und Lippen
gleiche Farben
und doch
jetzt auf dem Schlachtfeld
wird mir bewußt
daß ich es bin
den ich zu bekämpfen versuche
und wie der Regen meine
Kriegsbemalung plötzlich in Fluten
wegspült wird mir bewußt
daß ich
mit meinen Waffen
mich selbst
zu vernichten
versuche

KRAGENLOS

Er hat einen Kragen aus Seidenpapier
aus Federn sind seine Schuhe gemacht
Hüte trägt er nur
wenn sie unsichtbar sind
und Handschuhe
aus diesem gleichen Material
den Gürtel um die Hüften herum
das möchte sie sein
sie hat ein kragenloses Hemd
in ihren Schuhen rollen Glasmurmeln
ihre Hand schon ausgestreckt
der glänzende Lack auf ihren Fingern
das möchte er sein

VORSTELLUNG

Wir werfen uns in Schale
wir beide in eine

deine Jacken trage ich
die Socken passen mir auch
und wir ziehen uns noch immer an
du trägst mich in deiner Kleidung
wir werfen uns in Schale
wir beide zusammen in eine
die Anziehungskraft
läßt nicht nach

ANGELSPIELE

Mit Fisch hat sie ihn gelockt
bis er aus dem Wasser sprang
aus seinem Glas in das ihre
und von Fisch hat er geredet
beim Aussortieren was ihm noch gut
aber da war sie schon längst sein Gretchen
bevor er noch
den ersten Bissen von ihr nahm

KURZSCHLUSS

Nach Steckdosenverfahren
wie immer auch die Leitung liegt
wir nebeneinander auf oder bei an und in
so strecken wir Fühler
mein Arm unter deinem Bauch
deine Füße in meine gewickelt
oder ein Finger unter des anderen Ohr
vielleicht auch zu Rücken und Mund an Hals
und Wirbelsäule zu Wirbelsäule
funkenweise schlafen wir ein
gute Nacht gute Nacht
mein Körper brennt

RENDEZVOUS

Nebenan steht sie vor sich selbst
probiert entzückend auszusehen

neben nebenan steht er vor sich selbst
und probt er probiere nicht

sie beleckt ihren Mittelfinger
und fährt sich damit über die Wimpern

er spuckt auf sein neues Schlittschuhpaar
an seinen Füßen und poliert sie am Hosenbein

sie streckt den Arm aus und denkt
da bin ich

er ergreift ihre Hand
zusammen mit ihrem entzückenden Blick

sie beugt sich und schaut
auf seine Füße

er blickt ihr dabei ins Dekolleté

sie spürt heißen Atem am Nacken

er die feuchte Wärme in seinen Schuhen

FÜR JÜRGEN

FREIWILLIGES LIEBESGEDICHT

Kommt doch zwangsläufig
von innen heraus
und geht
mit einer Absicht voran
hättest du mein Lieber
uns nicht gewagt
wäre nichts weiter
als ein anderes Kopfumdrehen
beim Küssenwollen dazugekommen
aber weil es anders kam
können wir uns weiterhin
den Kopf verdrehen

KEINE VERWIRKLICHUNGSÄNGSTE

Ihre Hand fährt der Rundung
seines Hinterkopfes entlang
er dabei seine Hände nicht lassen kann
von ihrem aufgerundeten Sowieso
beider Finger sich verknoten
im Kurzhaar
dabei sein Daumen sich
an Rippen verzählt
ihre Zehnfingerabtastatur tut gut
ein beidhändiger Beitrag dazu
ist nicht unangenehm nein gar nicht
ihnen ist
als hätten sie nichts anderes im Sinn
aber ach
da kommt ein aber ach
und macht ein aber ach
ach es könnte ewig so weitergehn

WIR BLEIBEN

Wir bleiben
dabei bleiben wir uns
seit wir uns ein Herz gemacht
tief Luft geholt
solange sind wir uns schon gut
und wenn wir uns zum Zapfenstreich
die Zungen strecken
verschnalzt kostbare Zeit
in der sich Zungen
eigentlich begegnen wollten
wir fluchen aus einem Mund
und schmecken gemeinsam bitter
Mandeln und Rosinen
picken wir heraus
mit Fingerspitzengefühl
wühlen wir im Kuchen
und schneiden gelegentlich ab
den verbrannten Rand
jeder geht alleine
in des anderen Gedankengang spazieren
dann sind wir
böse bis traurig
und mit artigen Worten
verkünden wir
wie wir uns sind
mal Herz mal Galle
wir bleiben
einmal die Luft zum Einatmen
einmal die Luft zum Ausatmen

KRANKHEITSBILD

Sie hat ihn gekränkt
er hat sie gekränkt
gemeinsam haben sie
ihre Liebe gekränkt
jetzt schauen sie zu
wie diese sich merklich macht
durch ein Naturwunder
geheilt werden will
das Fieber steigt ihr
bei der Vorstellung
von Schwindsucht
kalt über den Rücken
der Rücken läßt Gänse
auf seiner Haut marschieren
bis sie an einen See geraten
der durch Angst entstanden ist
die Gänse gehen baden
sie frieren
sie erkälten sich
zwei Rücken
schauen sich an
und wünschen gute Besserung

III

SO SEI ES SEI SO

WASCHTAG

Am Anfang mit den Präsidenten der vereinigten Republiken
sich am Waschkorb kniend über Waschmittel streiten und
suchen wer die größten Flecke in seinen Teilen hat
die Truppen stellen sich breit und helfen sortieren

mit seiner Heiligkeit in Schwarz dann zum Wasser gehen
es besprechen damit auch der Segenregen von oben
zur guten Lauge wird
die Truppen schalten zu einem Schonwaschgang ein

der Vorsitzende des roten Rates spricht jetzt automatisch
und wohltemperiert das Wort zum ersten Waschtag aus
die Truppen stehen breit und lauschen dem Wind

seine Heiligkeit in Grün schleudert nun dazwischen
so wringt er Schmutz und Staub aus trüben Wassern fort
die Truppen kontrollieren den Pumpvorgang

schnell mit den Kindern aller Nationen einen Ausflug
in das Waschhaus machen die politischen Frauen öffnen dort
Türen und spannen an Zipfeln ziehend ein großes Laken straff
die Truppen stehen kopf
klammern mit Füßen die Wäsche an die Sonne fest

langsam kommt das große Volk zur Begutachtung ob auch alle
wirklich sauber geworden sind
es rafft sich auf und hängt das Trockene sorgfältig wieder ab
die Truppen stimmen das Lied vom Reinheitsgrad an

die Präsidenten der gereinigten Republiken und die
frischen Chefideologen bügeln und mangeln letzte Falten aus
seine Heiligkeit in Grün mit seiner Heiligkeit in Schwarz

verteilen leise murmelnd die Stücke in gerechte Schränke
die Truppen sitzen bereits und entspannen sich

das große Volk bejubelt die neue Waschmaschine
und die Kinder spielen

EIGENTOR

Ein beliebiger Schuß geht los
dann bewegen sich Leute
merkwürdig unauffällig
bücken sich beim leisesten Windhauch
immer in Angst
er könne die Kugel mit sich bringen
viele von ihnen wissen
daß sie nur in den Rücken trifft
die meisten lassen sich Augen
in ihre Schulterblätter nähen
und viele schießen selbst
jetzt sehen alle nicht mehr vorwärts
aus Angst die eigene Kugel könne
sich im eigenen Rücken finden

KRISE

Morgennot legt sich über Felder
die mit Überfluß gesät wurden
nun rührt kein Strauch den anderen
und gebückte Finger laufen über Körper
die schauen liegen und warten
da ist dann der Abend
das gleiche wie in der Früh
und auf der Suche nach den Schuldigen
verläßt jeder seinen Acker
kehrt mit Waffen im Kopf zurück

KLEINE UND GROSSE ANGST

Mitten auf der Straße
in unserem Dorf
da ist so ein Loch im Boden
ein großes dunkles in unserem Dorf
das hat man mit umzäunt
unser Dorf
wir schauen alle aus den Fenstern
und schauen alle auf das Loch
wir sind nicht gefangen
aber umzäunt hat man mitten in unserem Dorf
einer will es nicht glauben
und springt auf die Straße in das Loch
den Zaun mitreißend
unser Staunen und unsere Arme
stellen wieder einen neuen auf
und bauen eine Brücke über unser Dorf
in diesem Loch

RUHIGES TREPPENHAUS

Alte Frau bückt sich
das Treppengeländer greift immer wieder nach ihr
durch die Geländergitter schaut sie
mal auf die Blumen auf ihrem Rock
mal hinunter auf die fertig gestiegenen Stufen
alte Frau horcht wo sich eine Tür bewegt
die Gucklöcher in den Türen
sind mal hell mal dunkel
sie wohnt schon lange nicht mehr hier
aber er lebt noch immer in diesem Haus
vielleicht ein paar Monate noch
denkt sie
er sagt
solange sie noch Treppen steigen kann
und sie denkt an den Luftschutzkeller
wo sie sich betrachtend stufenweise
das erste Mal sahen

KONFESSIONEN

Die Ordner teilen die Herden ein
ihren Anteil aus dem großen Haus für alle
für jeden einen Haftgrund
damit die Haken greifen
hinter Bäumen oder Zäunen
an Wänden und an den Fenstern
wo man wie Gardinen hängen bleibt
wer die Order kennt zieht die Schuhe aus
taucht die Finger in den Wassernapf
wird kniend dafür gerade stehn
und drinnen werden die Benannten gerufen
aber draußen scheint man namenlos

THEMA

Wehr pflichtig auffallen
Wehr pflichtig einfallen
pflichtig fallen
ein Aufstehen mit Fußheben
und Ärmelhochstreifen
den Kopf in die Mitte und hineinstürzen
und alle Beine übereinanderschlagen
und Hände mit Zucken verstecken
die Finger in fremden Taschen
in die Knie gehen
ein Aufstehen und Fallen ist Übung
und die Pflichtigsten machen
nichts
leider

NOTWEHR

Knüppel und Knüppel gesindelt sich gern
egal wohin sie sich verschlagen
wohin und wen sie treffen
ein Knüppel verlängert den Arm
ein anderer verkürzt ein Leben

Arme schlagen aus wie Flügel
und heben ab zur Knüppelfahrt
auswärts fliehen Dortige
und seitwärts reisen Hiesige
arme Arme Knüppelhalter
immer unterwegs treffen sie sich zu
und winken sich Arme ab

die Erde ist ein Dorf ein rundes
auf unser Dorf schauen Nachbarsdörfer
sie halten sich andere Arme
mit anderen Knüppeln
uns liegt nichts fern
uns liegt nichts nah
wir sind erst übermorgen dran

SCHRITTWECHSEL

Wenn das Gierige weiterlebt
nach Zerfall des Körpers
und nur der Gedanke übrigbleibt
es könne auch ohne Vernichtung
ein Ende geben
will nichts bösartig gewesen sein
was einmal mit Angst geatmet hat

MIMIKRY

Keine Haftung für
deine Empfindlichkeit
wenn Waffen dienen
deinen Nachkommen
oder deinen Hinterbliebenen
keine Gewehre
keine neuen Zündhölzer
für Granaten
die einschlagen
wie Saisonschlußverkauf
keine Haftung weder denen
die kampfsüchtig schwanger gehen
noch denen die Sicherheit gebären
keine Gewähre
nein
übernehmen wir nicht

BEOBACHTUNG

Einige sprechen
von der guten der alten
von der schlechten Zeit
in der sie Appetit hatten
aber noch keine Vorstellung von Hunger
kein Essen gab's und keine Essensmarken mehr
doch gab es Wasser in der Suppe
die von Detonationen geschüttelt
durch Tränen versalzen
und trotzdem gelöffelt wurde
sie zeigen ihre verkrüppelten Zehen
sagen etwas von zu kleinen Schuhen
die immerhin besser waren
als gar keine und
heute gehe es ganz gut

DIAGNOSE

Ein bläuliches Licht fällt auf die Stelle
die überprüft werden soll
plötzlich erscheinen all die versteckten
fast unsichtbaren Dinge
in einem anderen grelleren Licht
so daß nichts zu übersehen ist
enthüllt wird das Unangenehme schön gesehen

auf bestimmten Straßen an bestimmten Tagen
wird gelaufen
Tausende Füße strampeln im gleichen Takt
und monoton ist nur das Schauen des Publikums
es hebt die Hände hoch um zu jubeln
doch wird geschlagen

irgendeine Möglichkeit wird sich finden
die Unreinheiten zu beseitigen
auf der Haut des Körpers
und auf den Straßen
mit den Füßen nach den Füßen treten
oder mit Farbe abdecken
was unsichtbar bleiben soll

BEHANDLUNG

So wird behandelt der Körper mit Haut
der auf die Straßen geht
um zu demonstrieren
ein Messerchen
ein kleiner Stich
es tut nicht weh
aber du bist es los was dir so unangenehm

es wird gezeigt was möglich ist
damit es besser werde mit dem Körper mit Haut
und den wehen Füßen
die sich noch nicht ausstrecken wollen
zum Ruhen auf immer
doch dieses Messerchen das kaum weh tut
hat dennoch zugestochen
irgendwer hatte doch aber versprochen
es schmerze nicht

was ist denn das was nun fließt
es ist nicht die aufgetragene Farbe
die sich aufzulösen beginnt
nur weil es kaltes Wasser regnet
dieses war nicht wasserfest
und ohne Garantie
geht doch nach Hause
der Wandertag ist vorbei

WARNSIGNALE

Wenn sie ankommen dann gehen wir ins Planetarium
und legen unsere Köpfe zurück um einen Sternenhimmel
zu sehen
so nebenbei klingt in unseren Ohren ein Glockenspiel
jeder Glockenschlag ein Sternenlicht
ein langsames Fallen
und ein Kind singt das Lied über die seltsame Blume
es hört sich an als singe es
wir laufen nach Oranien dort wachsen die Tyrannien
und draußen stehen Leute sie sind die große Beute
wir wollten nach Oranerei
auch dort herrscht noch die Tyrannei
das Kind hebt seine Hände hoch um nach den Sternen
zu greifen
doch auch der künstliche Himmel ist zu weit
und es spricht von neuem sein Lied
eine Steinschleuder ein paar Glasmurmeln
und jedes Licht ist ein Feind der getroffen werden muß
dann wird es hell in der Kuppel
die Feinde sind verschwunden und an der Decke
kleben die Murmeln
jeder versteckt seine Steinschleuder
und an der Decke kleben die Murmeln

KLEINE GESCHICHTE ÜBER HELDEN

Napoler und Hitleon Musomeini und Khomelini
sie ruhen sanft sie ruhen tief
und unter uns
ihre Enkelkinder leben
sie brüllen um Namen
und schlagen um Gebiete
um die werten Namen ihrer Gebieter

an den kleinen Fingern
in den tiefen Rachen
unter den stählernen Mänteln
in allem was heute noch gilt
wiederfindet sich
das Lachen
von Napoler und Hitleon
von Musomeini und Khomelini

und ihre Enkelkinder lachen mit

GENERATIONSWECHSEL

Der eine hebt sein rechtes Bein
um auf dem linken zu stehen
der andere hebt rechtzeitig sein linkes Bein
damit er auf dem rechten ruhe

ein Schüler muß zur Strafe auf einem Bein
in der Ecke stehn
der Schüler will sich nicht entscheiden
soll er auf dem rechten oder auf dem linken stehn
so wechselt er sekundenschnell
von einem auf das andere
so steht er gut und fühlt sich nicht schlecht bestraft

da der Lehrer dem Schüler nicht zu befehlen weiß
auf welchem seiner Beine er Strafe zu stehen habe
schaut er dem ständigen Wechsel beunruhigt zu
denn befähle er dem Schüler er solle
auf seinem rechten stehn
so würde man dem Lehrer unterstellen
er schone das linke
und befähle er dem Schüler er solle
auf dem linken
so würde man dem Lehrer unterstellen
er glaube an die Standhaftigkeit des rechten

so schaut der Lehrer eben nur zu
wie der Schüler sich lustig und ohne Jammer
auf das eine oder andere einstellt

(FÜR EINEN PLATZ WIE DEN DER LUFTBRÜCKE) SO SEI ES SEI SO

Unter dem Sand und den Gebüschen
da gibt es viel Neues zu erzählen
die meisten sagen es gäbe nichts mehr
zu kaufen da oben
die Felder seien ausgebrannt
da sei eine merkwürdig laute Sache gekommen
die hätte alles weggeräumt
zuerst seien die Kinder bestohlen worden
die Mütter hätte man ihnen genommen
dann war da auch noch die Sache mit der Luft
sie hat unseren unangenehmen Atemgeruch
nicht mehr ertragen können
und wißt ihr noch diese Brücke
dieses merkwürdige Gestell das fliegen konnte
damals damals
ist abgestürzt
einfach so – sofort wie das laute das war
und alle Guckkästen worin wer saß
lagen darunter
die anderen Kästen und Behälter
gleich hier unten in unserer Nähe
die seien vollgestopft mit Augen und Ohren
und gut verpackt
und das Konservierungsmittel aller Glieder
und mancher Gedanken
seien Geräusche
laut wie das laute was dann noch kam
und jetzt gibt es nichts Frisches
nichts Konserviertes mehr
wird erzählt
mal sehen

STÖRFALL

Wenn es dunkel geworden ist
alle Stromleitungen tot
Kerzenstummel ausgelebt
sämtliche Feuerzeuge und Streichhölzer verloren
kein Blitz mehr schlägt
Mond und Sterne unsichtbar
kein Leuchtkäfer mehr übrig
und alles Strahlen aus den Augen gewischt
dann
vielleicht
vielleicht nicht einmal Atomlichter brennen
dann bestimmt

ich sehe etwas
wenn es wieder hell geworden ist

NATURLÄSTERUNG

Es lebe der gläserne Baum
die künstliche Wiese
Plastikblume und Gummispinne
hoch lebe der eiserne Himmel
der bleierne der giftgrüne
und die Sterne im Kaleidoskop
verdammt sei alles was noch duftet
was blüht und sprießt
gepriesen sei
die Kuh und ihre Glocke
das Zwitschern
und der nächtliche Schrei
in Stereo
es möge ewig bestehen
das Spinnengewebe aus der Sprühdose
Schnee und Regen aus dem Schlauch
es leuchte auf
und werde Licht
die Lampe im Solarium

UTOPIST

Elektronische Stubenfliegen
technologisch einwandfreier Fliegendreck
biologisch abbaubarer Dreckhaufen
haufenweise Müll
ein Berg geht wandern
die Fliegen begleiten ihn
irgendwann wird ein Sprichwort entstehen
das dann lautet
wer seinen Müllberg nicht mehr überblicken kann
wird auf der Strecke
und sei's als Berg
liegenbleiben
und keine Fliege und sei's eine Verwandte
bedauert ihn

EIGENTUM

Meine Heimat mein Land
meine Landsleute meine Sprache
meine Geschichte mein Krieg mein Sieg
meine Sehnsucht mein(e) Frau (Mann) mein Kind
mein Haus mein Hab und Gut meine Zukunft
meine Meinung mein Recht meine Person
mein Nachbar mein Feind in meiner Zeit

mein Gott steh mir bei daß mir alles bleibt
da kommt einfach ein anderer mit seinem mein
und nichts bleibt mir mehr
nichts von mir – ach du meine Güte

IV

Bosporus fliesst in mir

ISTANBUL

Von Istanbul bis Istanbul
ist weit
ist weit geworden
mein Weg wohin nach Istanbul
ist schmal ist breit wie Istanbul
und Bosporus fließt in mir
in meinen Adern nur Blut
salzig und ohne ein Blau wie das Meer
die Windmühlen drehen sich nicht mehr
in Istanbul ist
Windstille
in mir ist weit geworden
Istanbul
wie Sonnenblumenfelder
sich der Sonne zuwenden
drehe ich mich im Kreise
und suche Istanbul

IN RICHTUNG BAUCH

Wie ich aufwache da liegt anstatt einer Decke
ein Sandhaufen über mir
deckt mich zu
da fängt der Traum von Schaufeln an
vom Maulwurfsein
meine Hände baggern in Richtung Bauch
da liegt ein Berg voller Nabelschnüre
die noch abgeschnitten werden müssen
und die Befürchtung ich könne jetzt aus Angst
alles Wasser lassen
einen Matschhaufen um mich herum bilden
läßt mich aufstehen aufs Klo gehen
danach lege ich mich wieder
auf die noch warmen
weißen Laken nieder

DOPPELTE NATIONALITÄTSMORAL

Die Socken
rot mit weißem Stern im Sichelmond
die Schuhe schwarz rot gold
für viele ist es
wie ein warmer Fuß
im kalten Schuhwerk
für andere
ein Doppelknoten
in einem
nur schnürsenkellangen Leben
aber das
auf heißem Boden

DER LASTENTRÄGER

Gebückt ist er nicht größer als ein Achtjähriger. Sein Rücken waagerecht, gerade, seine Augen rollen wie die Räder eines Lastwagens. Er zählt die Meter, die er noch zu laufen hat, den Abstand zwischen ihm und der Adresse eines Herrn. Auf autoreichen Nebenstraßen hält er Schritt mit dem Feierabendverkehr. Der Lastenträger überholt mit blinkendem Auge eine motorisierte, für ihn bremsenlose Fortschrittsgläubigkeit. Neben dieser Bewegung, bei jedem seiner Schritte, wiegt er den Wert seiner Knochen mit dem Inhalt in seinem Portemonnaie. Eilige Aufträge nimmt er, lästige Steine stößt er von einem zum anderen Weg. Zwangsläufig macht er Bekanntschaft mit Kollegen, sie trinken gemeinsam. Der eine noch Wasser, der andere schon Benzin. Beim Trinken vergißt der Lastenträger die geltenden Wochentage, daß er an den Wochenenden aufrecht stehen, seinem feiertäglichen Schatten nicht den Rücken beugen darf.

SICH WARM LAUFEN

Weil man weiß daß auch Brücken ein Ende haben
braucht man sich beim Übergang nicht zu beeilen

doch auf Brücken ist es am kältesten

Ist das etwas, womit ich mich wiedererkenne, oder ist das etwas, womit andere mich einordnen können?

Ich bevorzuge weder meine türkische noch meine deutsche Kultur. Ich lebe und sehne mich nach einer Mischkultur. Zwangsweise lebe ich so, weil ich weder in Alaska in einem Iglu noch in Anatolien tief in einer Hütte lebe. Es gibt Kulturgegenstände, die ich trotz meiner – (Zitat: Strauß) »Zugehörigkeit zum europäischen Hygienekreis« – verweigere. Z. B. Fernsehen. (Als Kind und Teenager blieb mir nicht viel anderes übrig als fernzusehen. Die TV – Serie »Dallas« lernte ich einige Zeit, bevor sie in Deutschland gesendet wurde, in der Türkei kennen.
Berauschen lasse ich mich aber lieber von anderen Kulturen, z. B. durch Musik von Bach und Mahler, durch Filme von Tarkowski oder Buñuel oder Akira Kurosawa.

Ich erkenne mich wieder.

Also würde ich am liebsten japanisch aufwachen auf einem Bodenbett in Räumen mit transparenten Scheintüren. Dann würde ich gerne englisch frühstücken, danach mit fremder Gleichgültigkeit chinesisch arbeiten, fleißig und eifrig. Am liebsten möchte französisch essen und tierisch satt römisch baden, gerne will ich bayrisch wandern und afrikanisch tanzen. Am liebsten würde ich russische Geduld besitzen und mein Geld nicht amerikanisch verdienen müssen. Ach, wie möchte ich gerne einen Schweizer Paß, ohne in den Verdacht zu geraten, Inhaber eines Nummernkontos zu sein. Am liebsten möchte ich indisch einschlafen als Vogel auf dem Rücken eines Elefanten und türkisch träumen vom Bosporus.
Will ich also etwas, womit ich mich wiedererkenne, oder etwas, womit andere mich einordnen können?

JOACHIM SARTORIUS
SAGE ICH ZU WEM

Gedichte
Gebunden

Joachim Sartorius, der lange Jahre im Ausland gelebt hat, legt seinen ersten Gedichtband vor. Angeregt von französischer und amerikanischer Dichtung, entdeckt er die Möglichkeiten der deutschen Sprache für eine vieldimensionale Lyrik. In weitgespannten Gedichten umkreist er unsere heutige Befindlichkeit und immer wieder das, was die Zeit mit uns, mit den Menschen macht.

Luise Schmidt
Die Finsternis die freie Existenz

Gedichte
Broschur

Luise Schmidts Gedichte, hier zum erstenmal in einem Band versammelt, sind eine Absage an die Gewißheiten der Lyrik. Nichts von der schönen Verführung, die uns über gewohnte ästhetische Pfade an gemeinte Wahrheiten heranführt. Ihre Lyrik verstört, treibt die vertrauten Bilder, Sätze, Formeln auseinander, setzt sie neu zusammen, ohne ihre Künstlichkeit zu leugnen – »ein Vergleich ist ein Vergleich ist ein Betrug«. Der Hauch der Poesie wird in diesen Gedichten zum »Atmen mit verklebten Lungen«. Auch die Gewißheit der Zerstörung ist gestört. Das Material ist schief geworden, voller Bruchstellen, an denen die Metaphorik auf die »heißen Gegenstände« der Erfahrung verweist, die diese Lyrik in immer neuen grotesken Sprüngen umkreist.

»Die Ungeheuerlichkeit scheinbar simpler Erfahrungen wird bloßgelegt. Nur hierauf und auf eine Sprache, die auf schonungslose Vergewisserung aus ist, setzt die Autorin, nicht auf die Bestätigung von Erwartungen oder Regeln. Gebannt und illusionslos ist sie auf der Suche im Ungewissen des wirklichen Lebens, gefangen in ihm, wenn auch Traum-und Schreckensbilder die Erfahrung immer wieder weiten. Luise Schmidt schreibt, meine ich, ganz außerordentliche Gedichte.« *Heinrich Vormweg*

Renan Demirkan
Schwarzer Tee mit drei Stück Zucker

Leinen

Renan Demirkans Buch, das zum Teil auf autobiographischen Erfahrungen basiert, erzählt in eindringlichen Bildern die große Reise vieler türkischer Mitbürger aus ihrer Heimat nach Deutschland. Eine Erinnerungsreise in die eigene Vergangenheit und zugleich ein Blick in die Zukunft.